LA FESTE

DU

PARNASSE

OU

LE TRIOMPHE DE L'HYMEN

ET

DE LA PAIX.

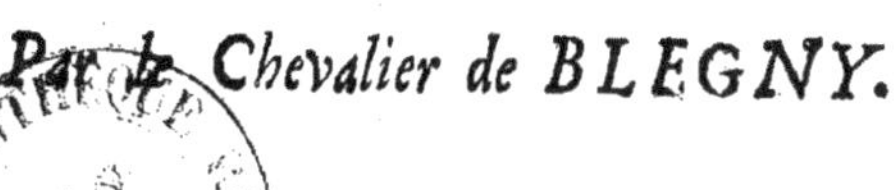

Par le Chevalier de BLEGNY.

Imprimé à Angers Chez la Veuve OLIVIER AVRIL,
Et se vend
A PARIS,
Chez LAURENT D'OURRY, Marchand Libraire ruë saint Jacques
à l'Enseigne du saint Esprit.

M. DC. XCXVIII.
AVEC PERMISSION.

LA FESTE
DU PARNASSE
OU
LE TRIOMPHE DE L'HYMEN
ET DE LA PAIX.

OMME le Regne de Loüis le Grand n'a été qu'une suitte continuelle de miracles, de prodiges & de merveilles ; les Chants heroïques du Parnasse avoient tellement fatigué les Muses dés l'Année 1678. que ne pouvant plus s'exprimer sur les Faits éclatans , & sur les Exploits inoüis de ce Héros, que par des termes trop foibles & des repetitions desagreables ; Elles solliciterent le Souverain Maître du Ciel avec tant d'empressement & d'opiniâtreté, qu'elles obtinrent enfin que les affaires du Monde changeroient de face ; & que le Roy suspendroit le rapide cours de ses Conquêtes & de ses Victoires pour rendre le répos à l'Europe , mais à condition que sa Moderation & sa Clemence ne pourroient donner aucune atteinte à sa Gloire, & qu'il regleroit si arbitrairement les Articles de la Paix, que l'ayant imposée sans aucune necessité de sa part , il ne pourroit être regardé dans le temps present non plus que dans l'ave-

A

nir, que comme le Dispensateur des graces impetrées, & des avantages qui étoient alors si generalement desirez.

Mais comme cettte condition ne pouvoit contenter, ny la Gloire qui le vouloit mettre infiniment au-dessus de tous les precedens Héros, ny le Destin qui l'avoit consacré de tous Tems à l'immortalité ; ces Divinitez se remuerent ensuite avec tant de succez, qu'en 1688. Elles exciterent de nouveau contre luy presque toutes les Puissances de l'Europe, dont la confederation autant que la passion, sembloit devoir ruïner l'Etat, foudroyer la Nation, & renverser les Triomphes & les Trophées du Souverain en moins de deux Campagnes.

Qu'en est-il cependant arrivé ? ce qu'on n'auroit jamais pû imaginer, & ce qu'on n'auroit ozé croire. Le Roy a puisé dans le seul fond de sa Science Militaire, tout ce qu'il faloit pour resister, pour entreprendre & pour vaincre. Le zele de ses Sujets luy a fourni des fonds suffisans pour survenir aux levées & à l'entretien de six cens mil Combatans. Il a trouvé des Forces invincibles & toûjours victorieuses, dans la bravoure & dans la conduite d'une infinité de Héros, formez de sa main dans les Guerres precedentes. Il a fait subsister presque en tous Tems ses Armées d'Italie, d'Allemagne, de Flandres & de Catalogne sur les Terres de ses Ennemis. Il a fait de leurs plus fortes Places les Frontieres de ses Etats ; & combatant luy seul contre tous, il les a vaincus dans les Sieges & dans les Batailles, sur la Terre & sur les deux Mers, dans nôtre continent, & jusques aux Antipodes.

Pendant les premieres Années de cette Guerre,
les Mufes qui ne vouloient pas compromettre l'honneur
du Parnaffe par un lache & honteux filence, firent de
nouveaux efforts, & infpirerent à nos Poëtes & à nos
Orateurs, tout ce qu'elles avoient de termes plus énergiques,
d'expreffions plus relevées, de penfées plus fublimes,
& d'allufions plus nobles & plus heroïques, pour chanter
cette conftance & cette fermeté d'Ame, que les dangers
les plus évidens, & les perils les plus affreux n'avoient
jamais pû ébranler; cette penetration & cette prevoyance
admirables, qui avoient paré avec tant de fuccez,
à tous les coups qui nous devoient être portez;
cette vigilance & cette activité inconcevables, qui
avoient prevenu fi juftement toutes les mefures, & qui
avoient diffipé fi heureufement tous les projets de nos
Ennemis; enfin cette intrepidité & ce fond de prudence,
qui fembloient avoir fixé le fort des Armes en fa faveur;
mais comme il fourniffoit trop abondamment à leurs
Chants & à leurs Vers, & qu'il leur étoit d'ailleurs
impoffible d'exprimer affez noblement des faits qu'on ne
pouvoit comprendre, les Mufes qui jugeoient de l'avenir par
le paffé, & qui prevoyoient que la Fable & la Fiction
mêmes, ne pourroient plus fournir d'affez grands
Exemples, pour former l'Image d'un Héros fi accompli,
& pour tracer l'idée de tant de Vertus furnaturelles
réünies dans un même fujet; délibererent de s'oppofer
encore une fois aux deffeins éternels de la Gloire & du
Deftin; enforte qu'ayant obligé leurs éleves & leurs
Nourriçons de changer de langage, & de concourir

aux fins qu'elles s'étoient proposées ; Elles firent dire dans tous les Poëmes & dans tous les Ouvrages d'éloquence qui parurent à la Cour & dans le Public; que le Triomphe de la Pieté de ce Héros, ne devoit pas être obscurci par celui de sa Grandeur ; que si sa Vertu lui offroit la Couronne de l'Univers, il lui feroit d'autant plus glorieux de calmer l'Europe si violemment agitée ; & qu'enfin les attraits & les charmes de l'ambition des Héros ordinaires, ne lui pouvoient donner que l'élevation, l'éclat & la fortune des Céfars & des Alexandres, mais qu'en r'animant lui même les vaincus, & en affranchiffant des Nations qu'il ne tenoit qu'à lui de subjuguer ; il surpafferoit la Gloire même qui lui étoit deftinée, en ajoûtant encore une fois à fes Lauriers, l'Olivier d'une Paix perdurable.

Ces raifons étoient à la verité bien convaincantes, mais comme elles étoient balancées, par les faillies de la Valeur, & par les avantages de la Victoire, l'entreprife des Mufes ne pouvoit pas avoir un prompt fuc-cez ; cependant appuyées des intrigues & des menées de l'Hymen, qui s'étoit propofé de rompre le nœud de la Ligue, par une Alliance toute heureufe, toute augufte ; les chofes fe trouverent enfin difpofées de telle forte, que le Roy penetré de leurs juftes remontrances, & laffé pour ainfi dire de vaincre & de conquerir, fenfible aux pertes immences des Puiflances confederées, & touché de la mifere extrême de leurs propres Sujets ; s'étant laiffé fléchir, & ayant abandonné fon grand Cœur à la tendreffe & à l'humanité, a bien voulu les relever de leur defaftre, & mettre fin à des peines qu'ils ne pouvoient plus foûtenir, par le grand ouvrage de cette Paix tant defirée & fi heureufement concluë, aux conditions qu'il luy a plû d'arbitrer.

Appollon qui fçavoit que le Mariage de Monfeigneur avoit été le premier & principal reffort de la Paix de 1678, & qui fe reffouvenoit de la Fête que Jupiter avoit fait celebrer fur l'Olympe, lors de la Naiffance de Monfeigneur le Duc de Bourgogne digne Fruit de cette Paix, jugea qu'il étoit de fa Magnificence d'en ordonner une femblable dans fon Palais, & d'y convier toutes les Divinitez qui ont le plus de commerce avec les Mufes, afin que l'Hymen qui venoit de concourir fi heureufement & pour une deuxiéme fois à fes fins, en réüniffant la France avec la Savoye, pût trouver fon Triomphe dans celui même de la Paix, furquoy Mercure ayant reçû & executé fes ordres avec autant de vigilance que de ponctualité; ces Divinitez qui s'étoient affemblées fur le Mont Helicon, décendirent par le Valon facré, & monterent enfuite fur le Parnaffe, dans un ordre qui répondoit parfaitement à la Pompe de cette augufte Céremonie.

La Renommée qui precedoit toutes les autres, & qui annonçoit cette Marche avec les Chants de toutes fes bouches; & en même tems par le bruit & par les fanfares de fa Trompete argentine, ne ceffoit point de battre des aîles, & de s'élancer de momens à autres comme pour fendre les Airs; faifant connoître par ces differens mouvemens, l'empreffement qu'elle avoit fur son devoir , & la rapidité avec laquelle elle s'étoit proposée de porter la gloire du Roy, dans les Regions les plus reculées de toutes les extrêmitez du Monde. Au milieu d'une Banderolle de satin blanc , relevée d'une broderie tres - magnifique , attachée à sa Trompete avec des cordons & des houpes d'or & d'argent , on lisoit ces mots écrits en couleur de carmin & d'outremer.

Le Triomphe de la Paix , est celui même de son Autheur.

Elle avoit à sa suite les ombres de tous les illustres Poëtes , & de tous les fameux Orateurs de ce Siecle, à qui nous devons les Paranymphes, les Panegiriques, les Poëmes, les Harangues , & generalement les Pieces d'Eloquence & de Poësie consacrées à la Gloire du Vainqueur pacifique.

Ses suivantes ordinaires , tenoient en main des Pannonceaux , dans lesquels étoient representées par des couleurs tres-vives, les Batailles, les Sieges, les Rencontres, & generalement toutes les expeditions & toutes les Actions éclatantes , qui ont donné tant de lustre à l'Histoire de nos jours , & tant de gloire à la Nation.

La Victoire qui marchoit ensuite, étoit accompagnée de ses sœurs , Force, Zele , & Puissance, qui avoient fait avec Elle pour Loüis le grand , dans toutes les Guerres qu'il a entreprises ou soutenuës , & particulierement dans la derniere , ce qu'elles avoient fait pour Jupiter dans la Guerre contre les Titans. Elles étoient immediatement suivies par quelques ombres guerrieres,

qui

qui par le bruit & les fanfares de leurs Tambours, de leurs Timballes, de leurs Trompetes, de leurs Fifres, & de leurs Haubois, formoient un Concert militaire, qui ajoutoit beaucoup à la Pompe & à la Magnificence de cette solemnité ; aussi - bien que les Captifs enchaînez qui étoient à leur suite chargez de faisseaux de Palmes & de Lauriers, destinez aux nouvelles Couronnes du Héros , de son Dauphin , & de ses petits Fils.

Il y avoit ceci de remarquable dans la marche de la Victoire , qu'elle n'avançoit qu'au moyen de cette boule roulante, sur laquelle elle ne se soutient qu'avec un pied, pour être toûjours chancelante & incliner au gré du sort & de la Fortune ; ce qui n'empêchoit pas qu'elle ne se soûtint du moins avec autant de fermeté , que si elle eût marché comme ses Sœurs , au moyen des aîles qui lui furent données , lors qu'elle fut mise pour toûjours à la suite de ce Héros , par un un Decret solemnel du Destin.

La Gloire qui venoit aprés, étoit encore plus magnifiquement accompagnée , puisqu'elle avoit à ses côtez, la Valeur, la Vigilance , & toutes les autres Vertus heroïques & militaires, à la suite desquelles on voyoit les Ombres glorieuses de ces fameux Héros , que la rigueur d'un sort barbare nous a fait perdre dans les premieres Campagnes, pour faire place à ceux qui leur ont succedé, & qui ont brillé avec tant d'éclat dans les dernieres.

La Paix qui suivoit immediatement la Gloire, tenoit d'une main une branche d'Olivier, & de l'autre un rameau de Mirthe. Elle avoit pour Compagnes l'Abondance, la Felicité, la Concorde, la Justice, & toutes les autres Vertus pacifiques, qui devoient regner avec elle, sous l'authorité du Héros par qui elle avoit été r'appellée. L'Hymen qui avoit si heureusement contribué à ce r'appel, & aux avantages que les humains en doivent recevoir, s'étoit mis à la tête des suivans de la Paix, c'est à dire des Plaisirs, des Jeux, des Ris & des Amours, qui tressailloient de joye d'un retour qui devoient avoir pour eux des suites si agreables.

Ensuite paroissoit Diane accompagnée de la Chasteté, de la Pudeur & de l'Innocence. Elle avoit à sa suite les Deesses des Pastres, des Haras & des Troupeaux; c'est à dire les Nappées, les Oreades, les Lymniades, les Nayades, ou Ephidriades, les Driades, les Amadriades, & generalement les Nymphes qui president aux Vergers, aux Jardins, aux Pâturages, aux Montagnes, aux Forêts, aux Etangs, aux Fontaines & aux Ruisseaux, entre lesquelles plusieurs qui vouloient faire leur Cour à Appollon, & qui sçavoient qu'il avoit gardé les Troupeaux d'Admette, s'étoient déguisées en Bergeres, pour rendre la Fête d'autant plus agreable par des Danses & par des Chansons pastorales; & d'autres comme Hyppa, Ino, Autonoé & Agoné avoient copié l'Air & la forme des Bacchantes, pour dancer & chanter les bacchanalles à l'honneur de leur cher Nourriçon Bacchus, qu'elles sçavoient devoir accompagner le Dieu Pan.

En effet à peine les Nymphes furent - elles un peu avancées, qu'on vit paroître Pan au milieu de Bacchus,

du vieux Silene , de Comus Dieu des Festins & du
Genie Dieu de la Réjoüissance. La suite ordinaire de
Pan rendoit leur marche d'autant plus agreable , que
pour plaire aux Nymphes , plusieurs d'entre les Satires
avoient pris la forme de Bacchantes , de même
qu'un grand nombre d'entre les Faunes & les Silvains
s'étoient déguisez en Pastres & en Bergers ; enforte que
le jeu de leurs Musettes & de leurs Cornemuses ,
foutenoit d'une maniere ravissante, la melodieuse Armonie
de la Flûtte de Pan , aussi - bien que celuy des Fifres
& des Flageollets qui étoient touchez par quelques
Satires.

A la suite de ces Divinitez terrestres marchoit Esculape
Dieu de la Medecine , qui comme fils d'Appollon auroit
pû les preceder , mais qui avoit affecté ce Rang, pour
introduire sur le Parnasse plus facilement & comme à la
derobée, le Mortel à qui l'on doit cette Relation ; c'est à
dire celui même d'entre ses Favoris, qu'il avoit introduit
sur l'Olympe lors de la Fête des Dieux dont on a déja
parlé , & qui eut ensuite l'honneur de presenter au Roy
& à toute la Cour la Relation de cette Fête ; en quoy il
luy fut d'autant plus facile de réüssir, que ce Mortel
relegué depuis plusieurs Années dans l'enceinte d'une
ancienne Forteresse, par l'effet de la plus noire calomnie,
n'ayant pû flatter plus agreablement son innocence que
par la culture des Plantes medecinales, avoit pris enfin
cét air rustique, qui s'acquiert inevitablement en prati-
quant l'Agriculture ; enforte qu'il pouvoit être confondu
fans diftinction , parmi les Faunes & les Silvains qui

reprefentoient des Paftres & des Bergers, ce qui arriva effectivement comme il l'avoit projetté.

Comme donc ce Mortel ne devoit pas être apperçû, Efculape s'étoit fait accompagner par les Saifons, qui ont toûjours été foumifes à fon infpection & à fon authorité, pour la confervation de la Race humaine ; & comme d'autre part, il avoit penfé que la conjoncture prefente pourroit être favorable à fes fins, en faifant connoître à la Juftice, que plufieurs autres de fes Favoris avoient été en butte comme celui - ci aux rigueurs de l'Envie, de la Haine & de la jaloufie ; fans qu'elle fe fût encore mife en peine de reprimer la rigueur de ces cruelles Divinitez ; il avoit mis à fa fuite les Ombres de Paracelfe, de Campanelle, de Leonard de Capouë, de Vanhelmont, de Mayerne, de Quercetan, & d'un grand nombre d'autres Celebres Philofophes, auffi vrais que fameux Medecins, qui pour faire le bien & dire la verité, avoient été expofez pendant leur vie à tout ce que l'Impofture, la Perfidie & la Fureur avoient pû inventer, de plus ruïneux, de plus diffamant, & de plus pernicieux ; & dont neanmoins la memoire fe trouve aujourd'huy reverée, par le parti même de leurs Averfaires

Enfin on vit paroître la Deeffe Memoire accompagnée des neuf Mufes fes cheres filles, & fuivie par l'Armonie, par Arion, par Amphion, par Orphée, par l'Ombre de Lully, par celle de Lambert, & encore par celles d'un grand nombre d'au-tres Muficiens celebres, qui ont acquis par leurs productions l'immortalité de leurs Noms, & qui chantoient l'Io-pæan en l'honneur du Vainqueur pacifique. Rien ne pouvoit être comparable à la beauté de leurs Vers, à la douceur de leurs Chants, & à l'agrement de leur symphonie. C'étoit à qui s'exprimeroit avec le plus de grace & d'énergie, sur le courage & la vigueur de ce Héros pour les entreprises; sur son intrepidité pour la resistance, sur sa prudence pour le Commandement, & sur sa moderation pour les Negotiations politiques. Elles repassoient sur le Triomphe de la Paix de Nimegue. Elles racontoient comment il avoit prévenu les atteintes de la derniere Ligue; comment il avoit repoussé ses attaques; comment il avoit pris toutes les Villes qu'il avoit assiegées, & gagné toutes Batailles qu'il avoit livrées; comment il avoit pourvû en même tems à la seureté de toutes nos Côtes & de toutes nos Frontieres; comment les Mers avoient toûjours été couvertes de ses Vaisseaux; comment il avoit sçû discipliner l'interieur du Royaume pendant le trouble, aussi bien que dans le calme & dans le tems de repos; comment ses Armées avoient franchi le Rhin & les autres Fleuves les plus rapides; comment il s'étoit vaincu, borné, & desarmé luy-même; comment il avoit partagé avec ses Sujets & avec ses propres Ennemis, le fruit de toutes ses Conquêtes & de toutes ses Victoires; En un mot comment il avoit vaincu les Invincibles.

Héros (disoient-Elles) qui avez toûjours été l'admiration de l'Univers, la Terreur des Nations ennemies, l'Amour de vos Sujets, l'Appuy de vos Alliez; le Reformateur des malversations & des abus, le Restaurateur de la Justice, le Deffenseur de la Foy & de la Religion, le Protecteur des Loix & de l'Innocence, l'Arbitre de la

Guerre & de la Paix, le Vangeur des Crimes, le Luftre des Vertus humaines, le Chef - d'œuvre de la Nature, le Maître des Deftinées & le Moderateur des Puiffances; Que pouvons-nous dire des Villes & des Provinces que vous avez conquifes, des Batailles que vous avez gagnées, des Projets que vous avez diffipez, des Mefures que vous avez déconcertées? mais que dire plûtôt des Conquêtes que vous n'avez pas voulu faire, des Victoires que vous avez negligées, & des Triomphes que vous avez méprifez, pour meriter les Titres glorieux de Pere des Peuples, de Liberateur des Nations opprimées, & de Bienfaiteur univerfel. Certes les precedens Héros avoient pû acquerir une haute Reputation feulement en fuivant leur Fortune, mais il faloit comme vous avez fait, renoncer volontairement à l'Empire du Monde, pour meriter une gloire infinie.

A peine toutes ces Divinitez Céleftes & Terreftres, furent - Elles parvenuës fur le Parnaffe, qu'elles furent reçûës & introduites dans le Palais d'Appollon par le Dieu Mercure, qui avoit été fait Grand Maître & Ordonnateur General de la Céremonie. Jamais on n'avoit veu rien de comparable à la magnificence de ce Palais, & fur tout de la Salle des Spectacles. Tout y répondoit parfaitement au pompeux appareil de cette Fête. Les Parois qui étoient recouvers des plus fines glaces, ornées de chaffis & de bordures d'or à la Romaine, étoient d'ailleurs enrichis par des colomnes de Jafpe & d'Agathe contournées, & entourées par des rameaux d'Oliviers, dont les Tiges étoient formées par un affemblage d'Eme-

raudes taillées en Diamans. Leurs parties superieures ,
aussi-bien que les corniches qu'elles soutenoient, étoient
d'or azuré & relevé par des Escarboucles, des Diamans,
des Rubis, des Saphirs, des Ametistes, des Topases & des
Turquoises, d'une grandeur & d'une beauté extraordinaires.
La seule presence d'Appollon donnoit à ce Palais une
clarté si vive qu'elle éblouïssoit ; mais ce qui lui donnoit
encore plus d'éclat , étoient que ses rayons lumineux
étoient réflechis & reverberez par les glaces des Parois ,
& par les faces des Escarboucles & des autres Pierres
précieuses comme par autant de Miroirs ardens. On y
voyoit cependant des lustres attachez aux riches festons
qui étoient suspendus entre les Colomnes , & formez de
branches de corail , ausquelles étoient attachez une
infinité de grosses Perles Orientales , entremêlées de
boules & de Pandans de Cristal de Roche taillez à
facettes ; mais comme la foible lumiere des bougies
auroit été obscurcie par celle d'Appollon ; ces lustres
ne servoient non plus que les glaces qu'à la réflechir ;
ce qui augmentoit d'autant la Magnificence de ce Lieu
auguste.

Lorsque toutes les Divinitez furent assemblées ,
& qu'Appollon eût monté & se fut assis sur le Trône
qui lui avoit été préparé , Mercure plaça l'Hymen
avec la Paix à sa droite, & à sa gauche la Gloire avec
la Renommée. La Victoire fut placée sur l'Estrade
immediatement audessous d'Appollon , ayant à ses côtez
ses Captifs enchaînez, & à ses pieds tout ce qui pouvoit
former un superbe Trophée , & designer un Triomphe

tout extraordinaire ; enfuite dequoy les autres Divinitez fuperieures furent placées en partie fur des balcons magnifiquement difpofez entre les Colomnes , & en partie fur des fauteüils de Velours rouge à crefpines d'or rangez aux deux côtez de l'Eftrade. Enfin entre les Divinitez du dernier ordre , celles qui devoient former la Symphonie furent placées dans l'Orquefte, & celles qui devoient dancer les Entrées , trouverent leurs Places aux deux côtez de la Salle , & quelques - unes mêmes fur les marches du Trône ; aprés quoy Appollon pour faire l'ouverture de la Solemnité, entonna un Recit auquel les autres Divinitez répondirent; en partie par d'autres recits, en partie par des chanfonnettes qui furent interrompuës à diverfes reprifes, & dont le Mortel Favori d'Efculape a ramaffé les Fragmens qu'on va lire; mais fans qu'il en puiffe garantir la jufteffe, fe pouvant faire qu'il ait été trahi par fa memoire & par fon infuffifance, fa profeffion ny fon devoir, ne lui ayant jamais permis de s'appliquer aux regles de la Poëfie ; & n'ayant pû retrouver que par l'unique fecours d'un fens purement naturel , ce qu'on trouvera de raifon, de rimes, de mefures & de cadances, dans les Vers qu'il a crû devoir publier , pour donner de nouvelles marques de fon zele ardent & de fon extrême fidelité.

RECIT

RECIT D'APPOLLON.

Que de ce Mont sacré la brillante parure,

Eclate aux yeux de l'Univers,

Que les plus doux accens de nos divins Concers ;

Soient entendus de toute la Nature.

Ces paroles ne furent pas plûtôt prononcées, que le Chœur en repetant les deux derniers Vers, forma une Symphonie toute charmante, aprés laquelle Appollon parla derechef en ces termes,

Un Héros d'éternelle memoire,

Muses vous appelle à sa Cour,

Il faut dans ce grand jour,

Que tout chante sa gloire,

Préparez mil chants nouveaux,

Sur les Tons les plus beaux,

Vous avez tant de fois celebré ses Conquêtes,

Vous n'avez point cessé de chanter ses hauts Faits,

Tenez vous toutes prêtes,

Pour chanter desormais,

Ce qu'il a fait en faveur de la Paix.

A quoy le Cœur répondit par réprise.

Chantons chantons deformais ,

Ce qu'il a fait en faveur de la Paix ,

Gallioppe dont la Voix est d'autant plus belle qu'avec sa douceur & ses agrémemens , elle ne s'exprime toûjours que sur ce qui peut plaire à la vertu , trouva cette conjoncture si favorable à son inclination , que pour faire valoir ses talens , Elle addressa ses paroles à la Paix , & chanta les Vers qu'on va lire,

Charmante Paix qu'étiez vous devenuë ?

Privée de vos doux plaisirs ,

Et de vos heureux loisirs ;

Rien n'étoit plus agreable à ma vûë ;

Venez , rendez nous vos attraits ,

Répondez à nôtre zele ,

Venez triompher à jamais ,

C'est LOUIS *qui vous rappelle.*

Puis feignant d'addresser sa Voix aux Puissances confederées , Elle prononça ces autres Vers.

Fiers & Puissans , mais trop foibles Ennemis ,

Vous avez tenté l'Impossible ,

C'étoit legerement vous mettre en compromis.

Que d'attaquer un Invincible ;

Vous n'avez fait que troubler le repos,

Qu'il avoit donné à la Terre,

Mais il vous a montré, dans le cours de la Guerre ;

Que luy seul valoit mil Héros.

Clio qui preside à l'Histoire, & qui se plaît à couronner la Gloire des Héros, ne voulant pas demeurer muette sur un sujet qui occupe si heureusement les deux plus chers Favoris du Parnasse *, ajoûta ces autres Vers à ceux que Galliope venoit de chanter.

* *Messieurs Racine, & Boileau des Preaux, qui travaillent à l'Histoire du Roy.*

On a trop dit dans l'Histoire,

Des Héros des Siecles passez,

Mais quand on parle de sa Gloire ;

On ne sçauroit en dire assez.

Uranie qui se plaît à la comtemplation des Corps celestes & de leurs influences, voulant presager le bonheur de l'Europe, s'expliqua par cét autre Recit.

Les Dieux par cent moyens divers,

Le conduisoient de Victoire en Victoire,

A l'Empire de l'Univers ;

Mais qui l'auroit pû croire ?

Toûjours favorable à nos Vœux,

Luy même a suspendu le progrez de sa gloire ;

Pour rendre tout le monde heureux.

Euterpe qui a inventé les Danses & les Chansons Pastorales, addressant sa Voix aux Faunes & aux Silvains déguisez en Bergers, & aux Nymphes qui étoient habillées en Bergeres, interrompit agreablement ces Chants serieux, pour exciter toute l'Assemblée à la réjouïssance par les Couplets qui suivent,

Les Ennemis mutinez,

A vôtre perte acharnez ;

En vouloient à vôtre vie,

A vos Brebis, & à vôtre répos,

Mais vôtre Invincible Héros,

A foudroyé le Monstre de l'Envie,

Ne craignez plus que les Loups,

Dancez, Rejouïssez-vous,

Vôtre bonheur vous y convie.

Ces Vers ayant allumé la joye dans le Cœur de ces Divinitez déguisées, Elles formerent ensembles une Entrée pastorale, qui divertit merveilleusement le reste de l'Assemblée, & aprés laquelle Euterpe les excita de nouveau par ces autres Vers.

Que vôtre sort est agreable,
Vous ne sentirez plus d'inutils désirs,
L'Amour en tems de Paix, est toûjours favorable;
Sans ressentir ses maux, vous aurez ses plaisirs.

Aprés quoy deux Silvains & deux Nymphes repeterent ensembles ces deux derniers Vers.

L'Amour en tems de Paix est toûjours favorable,
Sans ressentir ses maux, nous aurons ses plaisirs.

Ces paroles ayant excité trois autres Silvains à exprimer les presentimens du bonheur attendu, formerent un Trio pour chanter cet autre Couplet.

Que de bonheur, que de felicité,
Desormais occupez à fouler les herbetes,
Dans une heureuse oisiveté,
Au doux son de nos Musetes;
Les douceurs les plus parfaites,

Du repos, de la tranquillité,

Des Amours, & des Amouretes,

Feront trouver dans nos Retraites,

Les chârmes de la Volupté.

Ce qui fut suivi d'une deuxiéme Entrée paſtorale, aprés laquelle, Erato dont le partage eſt de chanter les Amours dans toutes les ſolemnitez publiques, excitée à la Réjouïſſance, par ce qu'elle venoit de voir & d'entendre, chanta à ſon tour les Couplets qui ſuivent.

Les Amours ſont neceſſaires,

Par tout où l'on veut des plaiſirs,

Occupez à ſatisfaire,

Les plus tendres deſirs,

Ils ſe rendent neceſſaires,

Par tout où l'on veut des plaiſirs,

Ces paroles qui ne pouvoient être que fort agreables aux Amours & aux plaiſirs, les provoquerent à former une nouvelle Entrée, & à dancer pluſieurs Menuets nouveaux qui ajoûterent beaucoup aux agremens de la Fête, enſuite dequoy Erato recommença ſes Chanſonnetes, & s'addreſſant aux feints Bergers & aux feintes Bergeres, Elle leur dit,

Tendres & plaintifs Amans ,

R'animez vôtre zele ,

Profitez des heureux momens ,

D'une Fête si belle ;

L'Amour aux plaisirs vous appelle ,

Tout sera desormais favorable à vos Vœux ,

Il suffira d'être fidéle ,

Pour être à jamais heureux ,

Thalie qui a la Surintendance des Banquets & des Festins, voulant prévenir Comus & le Genie , pour mieux faire sa cour au Dieu de la Treille , qui commençoit à s'impatienter de ce qu'on n'avoit encore rien dit en son honneur , chanta l'Air Bachique qu'on va lire ,

Dans une rêverie profonde ,

Chacun s'abandonne au chagrin ,

Lors qu'en tous lieux le Canon gronde ,

Que le bien est sur son declin ,

Et que la Vigne est sans Raisin ;

Car sans Paix , sans Argent , sans Vin ,

Il vaudroit mieux être hors du monde.

Ces paroles ayant provoqué à la réjouïſſance les
Satires & les Nymphes qui avoient pris la forme des
Bacchantes ; ils formerent une Entrée de Bacchanales,
aprés laquelle ils entonnerent les Couplets qui ſuivent.

Il faut noyer nôtre chagrin,

Dans l'Amour & dans le Vin ;

Que nos jours maintenant, ſeront dignes d'Envie,

LOUIS vient de changer nôtre cruel Deſtin,

Nous goûterons en Paix, les douceurs de la Vie,

Avec la Bouteille & Sylvie,

Puiſqu'à la joye tout nous convie,

Il faut noyer nôtre chagrin,

Dans l'Amour & dans le Vin.

Nous meditons de grands Ecots,

Nous projettons mille Fêtes Bachiques,

Pour joüir du charmant Répos,

Et des douceurs pacifiques,

Que nous devons au plus grands des Héros,

Enſuite le vieux Silene qui vouloit répondre à des Chants
qui lui paroiſſoient ſi agreables, chanta ces autres Vers,

Beuvan

Bûveurs à face rubiconde,
Que vous goûterez deformais,
De plaifirs dans le bas monde ;
Vous boirez à longs traits,
Dans une Paix profonde ;
Rien ne troublera plus, vos Ecots, vos Feftins,
Des Taxes & des Impots vous aurez allegeance,
Et le Ciel appaifé, oubliant fa vengeance,
Bannira pour toûjours, les foucis, les chagrins,
Et fournira en abondance,
Vos Greniers de Froment, vos Celliers de bons Vins.

Et comme il ne fe pouvoit faire que ces paroles
n'excitaffent la belle humeur du Genie ; il fe leva d'un
air tout enjoüé, & chanta ces autres Vers,

Que l'on dance, que l'on chante,
Dans cette Fête éclatante,
Que les Ris, les Amours & les jeux,
La rendent charmante,
Que Bachus nous enchante,
Que l'Amour nous rende heureux,

Ce qui fit dire au vieux Silene par forme de reprife.

Il faut dans ce grand jour ,

Pour bien faire sa Cour ,

Qu'on aime , qu'on boive & qu'on chante ,

Bachus qui voulut aussi correspondre à l'enjoüement du Genie qui a toûjours été l'un de ses plus chers Favoris, & qui voulut encherir sur la reprise de Silene , entonna ces autres Vers ,

Dans une vaine attente ,

On passe mal ses ans ,

Il faut prendre le bon Tems;

Quand il se presente ,

Les doux plaisirs sont de retour ,

Il faut dans ce grand jour ,

Qu'on aime , qu'on boive & qu'on chante.

Comus qui voulut être de la partie chanta le Couplet qui suit.

Le Tems d'une fatale Guerre ,

Est un facheux Tems pour moy ,

Mais maintenant que sur la Terre ,

Ie dois avoir bien de l'Employ ,

Ie ferai triompher la Bouteille & le Verre ,

Et l'Abondance regnera ,

Par tout où l'on m'occupera.

Enfuite les Bacchantes ayant formé une nouvelle
Entrée , les Saifons qui furent tentées de fe prevaloir
de leurs avantages , chanterent tour à tour, les Couplets
que voici.

LE PRINTEMS.

Pour plaire au Héros que je fers,
Ie previens fes deffeins , j'écarte les Hyvers,
Et pour exciter la Nature,
Ie répans dans les Airs ,
Vne douce temperature ,
Les charmes de l'Agriculture,
Ne font dûs qu'à mes foins divers,
C'eft à mes Fleurs que l'Vnivers,
Doit fa plus charmante parure ,

L'ESTE'.

La Courfe rapide ,
Du nouvel Alcide,
A toûjours prévenu mes foins,
Mais je n'ay pas laiffé de pourvoir aux befoins,
De fes Armées formidables,
Et mes jours agreables ,
L'ont vû triompher mil fois,
Des plus puiffans Roys.

L'AUTOMNE.

Pouroit - on comparer au doux jus de la Tonne ,
Les Fruits, le Feu, les Fleurs que le Ciel donne ;
Pendant l'Esté, l'Hyver & le Printems ?
Est - il une Saison si belle que l'Automne ?
Et la Paix, qu'aux Humains LOUIS donne ;
Pouvoit - Elle venir dans un plus heureux Tems ?

L'HYVER.

Les Alexandres & les Césars ,
N'ont jamais pû soutenir mes regards ;
Dés que je paroissois , ils battoient en Retraite ,
Mais comme un autre Mars ,
Toûjours seur de la deffaite ;
LOUIS affrontant les hazards ,
Forçant ses Ennemis , contraignant la Nature ,
A triomphé de toutes parts ,
Maintenant que la Paix est faite ;
Quel plaisir de voir sous un Toy ,
Nombre d'Amis de bon aloy ,
Les pieds chauds, dans les mains la Bouteille & le Verre ,
Bûvant à la santé du Roy ,
Qui les a délivrez des horreurs de la Guerre.

L'Abondance qui s'étoit proposée de faire valoir toutes les Saisons, pour donner une profusion de biens à l'Europe tranquille, & principalement à la France, qui devoit être le principal séjour de la Paix, ayant jugé qu'il étoit tems de parler, addressant sa Voix aux Faunes, aux Silvains & aux Nymphes qui representoient nos Pastres, nos Bergers & nos Bergeres, chanta les Couplets qui suivent,

Vos Terres fertiles,

Seront les plus doux aziles ;

Des Infortunez,

Mortels qui les habitez,

Que vous goûterez,

De douceurs tranquilles.

Déja dans vos superbes Ports,

Le Dieu qui regne sur l'Onde,

Fait couler les Trésors,

De tous les endroits du Monde.

Surquoy Diane qui tressailloit de joye, d'entendre les charmans Oracles d'une Deesse toute aimable, à qui Elle a dû tant de fois le bonheur de la Chasse; voulant aussi parler à la Troupe pastorale, qu'elle sçavoit être formée de Divinitez forestieres & champêtres, prononça ces paroles.

Quel bonheur charmant,

Auriez vous ozé l'attendre ?

Non non, on croy trop difficilement,

Ce qu'on ne sçauroit comprendre.

Pan qui a toûjours été jaloux des avantages de cette Deeſſe, & qui craignoit qu'Elle fît mieux ſa Cour que lui au Dieu du Parnaſſe, l'interrompit pour chanter ces Vers, qu'il addreſſa à la Troupe ruſtique.

Vous qui dans vos tendres Amours,

Avez été troublez par le bruit des Trompetes,

Des Timbales & des Tambours,

Recommancez vos Chanſonnetes,

Vous n'aurez plus que d'heureux jours;

Dans vos aimables Solitudes,

Deſormais ſans inquietudes,

Vous goûterez les charmantes douceurs,

De vos mutuelles ardeurs;

Rien ne vous ſera plus contraire,

Vous joüirez du calme le plus doux,

L'Amour vôtre Dieu tutelaire,

Vous garantira des jaloux,

Et vos Moutons, de la fureur des Loups.

Ce qui excita deux Bergers & deux Bergeres à chanter
les Couplets qui suivent,

Puisque nos Vœux sont satisfaits,
Honorons dans cette journée,
L'Aimable Hymen, & la charmante Paix,
Quelle heureuse destinée,
Pour la suite de nos jours!
Donnons - nous à la tendresse,
Aimons aimons - nous toûjours,
Le tems d'aimer passe sans cesse,
Donnons - nous à la tendresse,
Aimons aimons - nous toûjours.

Joignons aux doux Chants des Muses,
Nos Flûtes & nos Cornemuses;
Cherchons le fruit de nos Amours,
Dans les douceurs de l'Hymenée,
Quelle heureuse destinée,
Pour la suite de nos jours,
Donnons - nous à la tendresse,
Aimons aimons - nous toûjours,
Le tems d'aimer passe sans cesse;
Donnons - nous à la tendresse,
Aimons aimons - nous toûjours.

Alors **Pan** s'étant mis en devoir de regaler l'Assemblée par la melodieuse & charmante Harmonie de sa Flûte douce, & plusieurs d'entre les Pastres & les Bergers, ayant pensé qu'ils pourroient encore la rendre plus agreable par l'accompagnement des Flageolets, des Musetes & des autres Instrumens rustiques qu'ils avoient apportez; ils formerent ensembles une Symphonie toute ravissante, joüant des Menuets & plusieurs autres Airs fort enjoüez, qui exciterent le reste des Divinitez champêtres, les Jeux, les Ris & les Amours à former des Entrées qui donnerent beaucoup d'éclat à la Fête, & de plaisirs à toute l'Assemblée, ce qui ne permit pas à l'Hymen & à la Paix de garder plus long-tems le silence; ensorte que voulant exprimer de quelle maniere ils recevoient les honneurs du Triomphe, la Paix à qui l'Hymen avoit bien voulu ceder la parole, s'exprima en ces Termes,

Ie ne prens pas pour moy les Honneurs qu'on me rend,

Ie vais les defferer au Héros qui m'attend,

C'est lui qui a brisé ma chaîne,

Et je meriterois sa haine;

Si je m'attribuois l'Encens,

Qui n'est dû qu'à sa vertu pure,

Et à ce genereux Effort,

Qui vient de r'animer la mourante Nature,

Et forcer des Humains, l'impitoyable Sort;

Qui les avoit chargez d'une chaîne dure.

A quoy

A quoy l'Hymen ajoûta cet autre Recit,

Si on a veu par mes intrigues ,
Ses Ennemis déconcertez ,
Ils n'ont été à la fin ſurmontez ,
Que par ſes Vertus pacifiques ;
L'Europe a toûjours veu, au gré de ſes ſouhaits,
Ou le Tems de la Guerre , ou celui de la Paix.

La Victore qui n'avoit encore rien dit, & qui avoit trop
de part au retour de la Paix, pour ne pas concourir à ſon
Triomphe, chanta ces quatre Vers à l'honneur du Héros
qu'elle a toûjours & ſi conſtamment favoriſé.

Par de ſi grands Exemples ,
Il apprend à la Poſterité ,
Le chemin des Héros à l'Immortalité ;
Au Culte , à l'Encens & aux Temples.

Aprés quoy le Chœur reprit les deux derniers Vers que
l'Hymen avoit chantez,

L'Europe a toûjours veu au gré de ſes ſouhaits,
Ou le Tems de la Guerre , ou celui de la Paix.

Puis la Victoire reprenant la parole recita ces autres Vers,

Redoublons , redoublons, nos ſoins les plus preſſans,
Pour honorer les précieux inſtans ,

E

D'une ſi belle Vie,

Que de Faits dignes d'Envie!

Que de Triomphes nouveaux!

Vit - on jamais des jours ſi beaux,

Aprés quoy le Chœur reprit encore une fois.

L'Europe a toûjours veu au gré de ſes ſouhaits,

Ou le Tems de la Guerre, ou celui de la Paix.

La Gloire de ſon côté qui vouloit exprimer à quel point &
de quelle maniere ce Héros devoit être honoré, addreſſant
ſa Voix à la Troupe ruſtique, chanta les Recits qui ſuivent,

Le Vainqueur des Vainqueurs,

A refuſé les nouveles faveurs,

Que lui preſentoit la Victoire,

Mais dans la Paix, dans ſes douceurs,

Il a trouvé une immortelle Gloire.

Si Mars par tant de grands Exploits,

L'à fait triompher mille fois;

La Paix pour lui, fait encore davantage,

En le rendant plus glorieux,

Deſormais qu'en tous lieux;

On revere ſon Image;

Que dans l'ordre des demi-Dieux,

Il reçoive vôtre Hommage.

La Renommée qui se voyoit obligée comme les autres Divinitez à s'expliquer sur son devoir, prononça cet autre Recit,

Instruite par vos Vers,

Animée par mon zele ,

J'ay déja dans tout l'Univers ,

Annoncé sa Gloire nouvelle ;

Ie l'ay placé au Rang des Immortels ,

Ie lui ay fait préparer des Autels ;

Déja à ses Vertus sublimes ,

On rend un Hommage éclatant ,

On ne voit plus que Parfums , que Victimes ;

Il est par tout triomphant.

D'autre part la Justice qui vouloit aussi s'expliquer, sur les avantages que nous devons attendre en tems de Paix, de l'heureux commerce qu'elle a toûjours eû avec le Genie du Héros,& qui vouloit marquer sa complaisance pour Esculape dont Elle avoit apris le dessein & le stratageme, adressa encore sa Voix à la Troupe pastorale dont le Mortel infortuné faisoit partie, & chanta les Recits qu'on va lire, pour connoître avec une entiere certitude, si l'Innocence étoit dans son parti.

Vous qui ne sentez plus l'effroy ,

Des horreurs que la Guerre étale ,

Et qui subissez une Loy ,

Dont la douceur est sans égale ;

Vous qui obéiſſez à cet auguſte Roy,
Si cheri de la Victoire,
Et dont vous partagez la Gloire,
Ioüiſſez à jamais,
Du bonheur de la Paix.

Le Héros qui vous la donne,
Vous abandonne ;
Le fruit de ſes travaux divers,
Pour prix des maux que vous avez ſoufferts ;
Quelle Magnifique recompence !
L'heureux effet de ſa bonté !
Mortels qu'une indigne vengeance,
Retient dans la captivité,
Malgré vôtre pure innocence ;
Eſperez en ſon équité.

L'Innocence qui avoit interêt de ne pas échaper une occaſion ſi favorable à ſes fins, repliqua en ces Termes,

Ie ſçay que ſa tendreſſe extrême,
Pour des Sujets dignes de ſes Vertus,
L'a mis en l'ordre des Vaincus ;
Puiſqu'il eſt vainqueur de lui-même ;
Que de tous Tems ſa generoſité,
A reſiſté à ſa Puiſſance,

Qu'aujourd'hui sa Valeur, le cede à sa Clemence,
Et qu'en Guerre il a medité,
Ce qu'exige la Paix de sa Magnificence ;
Mais pardonnez à mon impatience ;
Vous qui determinez de ce Roy glorieux,
Le Vouloir & la Vigilance,
Déesse menagez des momens precieux,
En faveur de l'Innocence,
Contre un fidel Sujet on voit l'impunité,
Depuis cinq ans, authorifer l'injure,
Si vous le foubçonnez, lancez vôtre Cenfure,
Armez contre fes mœurs vôtre feverité,
Vous ne douterez plus de sa fincerité :
Mais terminez enfin les peines qu'il endure,
Il eft tems que la verité ;
Triomphe de l'Impofture.

Efculape ravi d'une fi heureufe difpofition, & refolu de feconder les pourfuites de l'Innocence, en prononçant un oracle qui ne pouvoit être que tres-agreable à fon cher Favori, adreffa encore les Vers qui fuivent à la Troupe paftorale.

Dans les troubles de l'Vnivers,
On a veu triompher le vice,
Et mettre l'Innocence aux Fers ;
Mais LOUIS par un jufte revers,
Toûjours à vos Vœux propice,

Va des Esprits pervers,
Confondre la malice,
Et reparer par cent moyens divers,
Ce qu'ils ont fait de préjudice.

Surquoy deux Pastres & deux Bergers ayant pris la parole pour répondre au nom de toute la Troupe, ils reciterent ces autres Vers,

Tout se ressent de ses bien-faits,
C'est l'Appollon de nôtre monde,
Une sagesse profonde,
Regle tous ses Projets ;
Nôtre Espoir se fonde ;
Sur leur infaillible succez.

Melpomene qui avoit jusqu'alors gardé le silence, & qui dans toutes les Solemnitez où l'on fait entrer les Dances & les Chansons pastorales, a toûjours reglé l'Armonie des Concers, de la Symphonie & de la Declamation ; s'étant fait un poinct d'honneur de terminer cette Fête par des Chants d'allegresse, ou pour mieux dire par une espece de palilie, à l'honneur du héros qui en fournissoit le sujet, prit occasion de ce qui venoit d'être dit à sa gloire par la Troupe pastorale, pour exprimer combien elle prenoit de part à la réjouïssance commune, ce qu'elle fit par ces paroles,

Pendant vos paisibles loisirs,
Vous goûterez mil plaisirs ;
Les beaux Arts que j'inspire,
Par des Prodiges inoüis,

A vos voisins feront dire,
Heureux l'Empire ;
Heureux le Regne de LOUIS.

Sa Force & sa Prudence,
Ont mis l'Hydre aux abois,
Peuples heureux qui vivez sous ses Loix,
Accourez répondez à nos voix,
Accourez répondez,
Accourrez répondez à nos voix.

Chantez ce qu'il a fait pour soutenir vos droits,
Accourez répondez,
Accourez répondez à nos voix.

Ensuite dequoi les Muses ayant chanté ces paroles par reprise.

Peuples heureux qui vivez sous ses Loix,
Accourez répondez ,
Accourez répondez à nos voix,
Charmante Echo abandonnez nos Bois,
Accourrez répondez,
Accourez répondez à nos voix.

Melpomene qui reprit la parole chanta ces autres Vers,

Chantez sa Vaillance,
Chantez ses Exploits,
Accourez répondez, accourez,
Répondez, à nos voix.

Paroles que les Mufes chanterent encore par reprife, aprés quoy Melpomene voyant combien l'Affemblée paroiffoit touchée de ces chants armonieux & de ces reprifes agreables, provoqua de nouveau le Chœur des Mufes par ces autres Vers ,

> *Chantez mil fois,*
> *Sa fuprême Puiffance,*
> *Chantez fes Exploits,*
> *Au doux fon des Haubois.*

Ce qui obligea les Mufes & le Chœur des Paftres, des Bergers & des Bergeres, de corefpondre à la joye de Melpomene, en repetant ces paroles en cette maniere,

> *Chantons fa fuprême Puiffance,*
> *Chantons fes Exploits,*
> *Au doux fon des Haubois,*
> *Accourez répondez, accourez,*
> *Accourez répondez à nos voix,*
> *Répondez à nos voix,*
> *Répondez à nos voix.*

Aprés quoy les Divinitez par qui ces deux Chœurs étoient formez, commencerent une Dance variée de tous les agremens imaginables, & interrompuë à diverfes reprifes par une Symphonie qui charma toute l'Affemblée, & enfuite de laquelle on fervit le Nectar & l'Ambrofie, avec des Corbeilles pleines des Fruits les plus exquis, & des Sucreries les plus delicieufes, ce qui finit agreablement la Fête du Parnaffe.   **F I N.**